Eugène Labiche

La Mémoire d'Hortense

Comédie en 1 acte, Variétés, 15 novembre 1872

Eugène Labiche

La Mémoire d'Hortense

Comédie en 1 acte, Variétés, 15 novembre 1872

Réimpression inchangée de l'édition originale de 1872.

1ère édition 2024 | ISBN: 978-3-38817-374-0

Antigonos Verlag est une marque de Outlook Verlagsgesellschaft mbH.

Verlag (Éditeur): Outlook Verlag GmbH, Zeilweg 44, 60439 Frankfurt, Deutschland, info@outlook-verlag.de
Vertretungsberechtigt (Représentant autorisé): E. Roepke, Zeilweg 44, 60439 Frankfurt, Deutschland
Druck (Imprimerie): Libri Plureos GmbH, Friedensallee 273, 22763 Hamburg, Deutschland

LA MÉMOIRE D'HORTENSE

COMÉDIE EN UN ACTE

DE

MM. LABICHE ET DELACOUR

Représentée pour la première fois, à Paris, sur le théâtre
des Variétés, le 15 novembre 1872.

PARIS

E. DENTU, ÉDITEUR

Libraire de la Société des Auteurs et Compositeurs dramatiques
ET DE
la Société des Gens de Lettres.

PALAIS-ROYAL, 17 & 19, GALERIE D'ORLÉANS.

1872

PERSONNAGES

PIGEONNEAU.......................	MM.	LESUEUR.
ÉMILE GOMER.......... .		LANJALLAY.
TURBA.....,..;.... ....,.		BARON.
DOMINIQUE.........,............		COSTE.
MADAME BERNARD,....	Mlle	ALICE DUVAL.
FLEURETTE ....,.,..		BERTHE LEGRAND.

———————————

La scène se passe à Paris, chez Pigeonneau.

———————————

Toutes les indications sont prises de la gauche et de la droité du spectateur. Les personnages sont inscrits en tête des scènes dans l'ordre qu'ils occupent au théâtre. Les changements de position sont indiqués par des renvois au bas des pages.

LA MÉMOIRE D'HORTENSE

Un salon à pans coupés. — Porte au fond. — Porte dans chaque pan coupé. — Autre porte à droite, 2ᵉ plan. — Fenêtre à gauche, deuxième plan. — Du même côté, au premier plan, une cheminée. — Un guéridon devant la fenêtre. — A droite, premier plan, un secrétaire. — Du même côté, sur le devant, un bureau. — De chaque côté de la porte du fond, une console-armoire. — Fauteuils, chaises. — Un bon feu dans la cheminée. — Tableaux, etc.

SCÈNE PREMIÈRE

PIGEONNEAU, *puis* MADAME BERNARD.

PIGEONNEAU, *seul; il est assis devant le bureau, il écrit.*
« Je soussigné reconnais avoir reçu de madame Ga-
» baille, la somme de sept cent vingt-huit francs pour
» trois mois de loyer, sans préjudice du terme courant
» et sous la réserve de tous mes droits. » (*Parlé.*)
Enfin, on les touche !... j'aime à faire mes quittances
de loyer... ça me délasse... malheureusement, ça ne
revient que tous les trois mois. (*Ecrivant.*) « Je soussigné reconnais... » (*Il fait un mouvement pour secouer
sa plume, et renverse un saladier qui est sur le bureau.*)
Allons, bon! Qu'est-ce qu'on m'a fourré-là?... (*Appelant.*) Madame Bernard ! Madame Bernard !

MADAME BERNARD, *entrant de gauche, pan coupé.*[*]
Me voilà ! qu'y a-t-il?

PIGEONNEAU, *lui montrant les morceaux du saladier à
terre.*
Qu'est-ce que ça ?

MADAME BERNARD.
Tiens ! vous avez cassé le saladier !...

PIGEONNEAU.
Quelle rage avez-vous de placer sur mon bureau des
ustensiles de cuisine ?... un bureau doit être un sanc-
tuaire.

[*] Madame Bernard, Pigeonneau.

MADAME BERNARD.

On m'a appelée... j'étais pressée... (*Elle ramasse les morceaux et les place sur la console du fond, à gauche.*)

PIGEONNEAU.

Que fait mon gendre ?

MADAME BERNARD.

M. Emile?... Il est dans sa chambre... il dort encore...

PIGEONNEAU.

Oui... il est rentré tard hier soir... au moment de me mettre à table... il m'a écrit un petit mot. (*Il prend une lettre sur son bureau et lit.*) « Mon cher beau-père.. ne comptez pas sur moi ce soir, j'ai mieux que vous. » Et 'ai dîné seul... c'est ennuyeux.

MADAME BERNARD.

Bah ! vous avez pris votre journal...

PIGEONNEAU.

Oui, mais alors ou ne sait plus ce qu'on mange... ni ce qu'on lit.

MADAME BERNARD.

Je trouve que monsieur Emile se dérange bien souvent depuis quelque temps.

PIGEONNEAU.

Il a beaucoup de relations.

MADAME BERNARD.

Est-ce qu'il songerait à se remarier ?

PIGEONNEAU, *se levant.*

Lui!... Oh ! je suis bien tranquille !

MADAME BERNARD.

Dame ! veuf à trente-deux ans !

PIGEONNEAU.

Non... le jour où il a perdu sa femme, il m'a promis solennellement de ne jamais se remarier... et comme c'est un honnête homme... d'ailleurs j'ai besoin de lui... il me fait toutes mes affaires...

MADAME BERNARD.

Il faut avouer que vous avez eu de la chance de tomber sur un gendre pareil... car, entre nous, votre fille avait un caractère...

PIGEONNEAU.

Insupportable !... Mais Hortense n'était pas ma fille... je l'avais adoptée, voilà tout !

MADAME BERNARD.

Quelle drôle d'idée d'adopter des enfants, quand il est
si facile d'en avoir à soi !

PIGEONNEAU.

Moi, je n'ai jamais voulu me marier... je trouve ça
contraire à la nature... Mais, à quarante-quatre ans,
j'eus un lumbago... obligé de garder la chambre...
tout seul, je fis des réflexions et je me dis qu'un petit
bébé ne ferait pas mal dans mon paysage... Alors, j'a-
doptai la fille d'un de mes concierges... une petite créa-
ture rose et blonde... mais, au bout de six mois, elle
était devenue rouge... ma parole d'honneur, je crois
qu'ils l'avaient fait teindre pour m'amorcer... et puis, elle
se mit à allonger... à allonger... cinq pieds sept pou-
ces!... je n'osais pas la sortir.

MADAME BERNARD.

Je me rappelle qu'une fois au carnaval, on l'a p.ise
pour un homme...

PIGEONNEAU.

Oui... on nous suivait sur le boulevard, j'avais l'air de
promener un masque... il y a même un monsieur décoré
qui m'a dit : Très-réussi ! très-réussi !... Je lui aurais
encore pardonné sa croissance, mais plus elle grandis-
sait plus elle devenait maussade, exigeante, malhonnête.

MADAME BERNARD.

J'en sais quelque chose.

PIGEONNEAU.

Aussi, dès qu'elle eut dix-huit ans... je me dis : toi, je
vais te flanquer cinquante mille francs et un mari.

MADAME BERNARD.

Cinquante mille francs... c'est une somme...

PIGEONNEAU.

Je n'aurais pas pu m'en débarrasser à moins... Emile
se présenta... la première fois qu'il la vit...

MADAME BERNARD.

Il recula ?

PIGEONNEAU.

Je vous en réponds !... il recula jusqu'à Bayonne !...
Mais, comme il n'avait pas de passe-port pour l'Espa-
gne... il revint... Hortense s'agrafa des sourires plein la
figure, sa couturière fit des prodiges, et comme le jeune
homme avait un besoin urgent de payer sa charge de

commissaire priseur, l'affaire se fit... Je me disposais à
leur louer un petit appartement... sur la rive gauche...
lorsque je m'aperçus que mon gendre était tout simple-
ment un ange... un ange de douceur, de bonté, de
complaisance !

MADAME BERNARD.

Oh ! c'est bien vrai !

PIGEONNEAU.

Il n'avait qu'un défaut...

MADAME BERNARD.

Lequel ?

PIGEONNEAU.

Sa femme !... (*Madame Bernard remonte, il passe à
gauche.*S'attendrissant.*) Hélas!... la pauvre enfant nous
a quittés !... moissonnée à la fleur de l'âge !... alors, j'ai
dit à Emile : soyons hommes! secouons-nous ! étour-
dissons-nous ! et nous nous sommes traînés dans les
théâtres... dans les concerts... à Mabille... le temps à
fait le reste...

MADAME BERNARD.

Oh! je le crois à peu près consolé !...

PIGEONNEAU.

Je ne lui demande qu'une chose, c'est de rester fidèle
à la mémoire d'Hortense. (*Il s'assied près de la cheminée.*)

MADAME BERNARD.

Qu'entendez-vous par là ?...

PIGEONNEAU.

J'entends par là... de ne jamais me quitter, de faire
mon domino tous les soirs et de me tenir compagnie à
table... parce que je n'aime pas à manger seul.

SCÈNE II

LES MÊMES, DOMINIQUE, *puis* FLEURETTE.

DOMINIQUE, *entrant par le fond.***

Monsieur ?

PIGEONNEAU.

Qu'est-ce que vous voulez ?...

* Pigeonneau, Madame Bernard.
** Pigeonneau, Madame Bernard, Dominique.

DOMINIQUE.

C'est une ouvrière qui demande madame Bernard.

MADAME BERNARD.

Ah! je sais ce que c'est... faites entrer... (*Dominique srt par le fond.*)

PIGEONNEAU.

Une ouvrière!...

MADAME BERNARD.

Une fille très-sage, très-honnête, qui m'a été recommandée... elle travaille en journée... et je veux lui faire faire une bonne robe de chambre pour votre hiver.

PIGEONNEAU.

Ah! madame Bernard, si nous avions chacun trente ans de moins... je vous adopterais.

MADAME BERNARD, *riant.*

Taisez-vous donc!

FLEURETTE, *paraissant au fond.*[*]

Madame!

MADAME BERNARD.

Entrez, Mademoiselle.

PIGEONNEAU, *à part.*

Tiens! elle est gentille!

MADAME BERNARD.

Sauriez-vous faire une robe de chambre pour Monsieur... avec un patron?

FLEURETTE, *regardant Pigeonnedu.*

Ah! très-facilement.

PIGEONNEAU.

Et si le patron ne suffit pas, on pourra prendre mesure sur l'original.

FLEURETTE, *à part.*

On dirait que le vieux me regarde.

MADAME BERNARD.

Attendez-moi là... je vais chercher l'étoffe... (*Elle entre à droite, pan coupé.*)

---

* Pigeonneau, Madame Bernard, Fleurette.

SCÈNE III

PIGEONNEAU, FLEURETTE, *puis* DOMINIQUE.

(Fleurette se tient debout au milieu de la scène, les yeux baissés.)

PIGEONNEAU, *à part.*

Quel air modeste et candide !... Il faut pourtant que je lui dise quelque chose... (*Se levant, haut et saluant.*) Mademoiselle ?

FLEURETTE, *les yeux baissés.*

Monsieur !...

PIGEONNEAU.

Mademoiselle ?

FLEURETTE.

Fleurette.

PIGEONNEAU.

Mademoiselle est orpheline ?

FLEURETTE.

Non... J'ai papa et maman... mais j'ai perdu un oncle...

PIGEONNEAU.

Ah !... je comprends... orpheline d'oncle seulement.

FLEURETTE.

Et de tante...

PIGEONNEAU.

Ah !... vous avez aussi perdu une tante ?

FLEURETTE.

Ma tante Bruslache !

PIGEONNEAU, *feignant l'intérêt.*

Oh ! pauvre enfant !

FLEURETTE.

Ça m'est égal, parce que je ne la voya's jamais.

PIGEONNEAU.

Alors n'en parlons plus. (*A part.*) Très-gentille !

(Fleurette continue à se tenir au milieu du théâtre et baisse les yeux.)

PIGEONNEAU.

Mademoiselle Fleurette ?

FLEURETTE.

Monsieur !

PIGEONNEAU.

Et pensez-vous pouvoir réussir ma robe de chambre ?

FLEURETTE.

Avec l'aide du ciel, je l'espère...

PIGEONNEAU, *à part.*

Elle a des principes ! (*Haut.*) Je ne tiens pas à l'élé-
gance... pourvu que ce soit ample... étoffé... ce n'est
pas pour aller au bal de l'opéra, ainsi...

FLEURETTE, *s'oubliant.*

Il y en a... j'en ai vu une samedi dernier.

PIGEONNEAU.

Comment ! vous allez au bal de l'opéra ?...

FLEURETTE.

Avec ma mère, Monsieur !

PIGEONNEAU.

Naturellement ! (*A part.*) C'est une petite cascadeuse !
(*Haut.*) Moi, de mon temps, j'ai fait les beaux jours de...
cette réunion de famille...

FLEURETTE.

Vraiment ?

PIGEONNEAU.

Oui, en 1838, j'avais trouvé un petit cavalier seul...
(*Remontant à droite.*) Madame Bernard n'est pas là ?...**
je commençais par une culbute... je vous demande la
permission de m'en dispenser... je me relevais avec
grâce... et je partais... (*Il fredonne et danse un pas de
caractère. — Fleurette le regarde et rit.*)

FLEURETTE.

Ah ! c'est le vieux jeu, ça !... aujourd'hui, voilà ce
qu'on fait... (*Elle fredonne et exécute un pas de danse
moderne. — Dominique paraît au fond à la fin du
pas.*)

DOMINIQUE, *poussant un cri.* **

Ah !...

PIGEONNEAU.

Qu'est-ce que tu veux ? Je n'aime pas qu'on entre
chez moi quand je travaille...

DOMINIQUE.

Madame Bernard attend Mademoiselle dans la linge-
. rie. (*Il montre le pan coupé de droite.*)

* Fleurette, Pigeonneau.
** Pigeonneau, Dominique, Fleurette.

FLEURETTE.

J'y vais. (*Elle sort par la droite, pan coupé.*)

DOMINIQUE, *montrant le pan coupé de gauche.*[*]

Et puis, il y a dans le petit salon un locataire de Monsieur qui apporte son terme.

PIGEONNEAU.

C'est bien... la prospérité renaît... (*Dominique sort par le fond.*)

SCÈNE IV

PIGEONNEAU, ÉMILE.

ÉMILE, *entrant par la droite.*

Bonjour, beau-père.

PIGEONNEAU.

Ah! c'est toi, mon gendre!... mon bon gendre!... mon excellent gendre!... (*Allant à son bureau.*) Où sont mes quittances?

ÉMILE.[**]

Ce brave papa Pigeonneau!

PIGEONNEAU.

Vois-tu, quand tu n'es pas là... il me manque quelque chose... je ne suis pas complet. (*Il prend ses quittances.*)

ÉMILE.

Je vous remercie, mais...

PIGEONNEAU.

Oh! c'est que ton souvenir est doublé de celui d'Hortense... de notre pauvre Hortense!...

ÉMILE, *très-froidement.*

Certainement, cette pauvre Hortense!

PIGEONNEAU.

Mais quand nous pleurerions... nous n'y pouvons rien...

ÉMILE.

Absolument rien.

PIGEONNEAU.

Alors, secouons-nous morbleu!... secouons-nous! Qu'est-ce que nous faisons ce soir?

----

* Pigeonneau, Dominique.
** Émile, Pigeonneau.

ÉMILE.

Oh ! ce soir... je ne suis pas libre... Monsieur Pigeonneau, j'aurais une communication à vous faire.

PIGEONNEAU, *passant à gauche.* *

Plus tard... on m'attend... tiens ! pour te distraire, voilà une petite liste de commissions. (*Il montre un papier.*)

ÉMILE.

Ah ! oui !

PIGEONNEAU, *lisant sur le papier.*

« Passer dans ma maison rue de Verneuil... voir la » pompe qui est cassée... examiner au troisième une cheminée qui fume... ne rien accorder...»

ÉMILE.

Naturellement.

PIGEONNEAU, *continuant.*

» Passer rue de Trévise... Le compteur ne marche » pas... et cœtera ! et cœtera !... ne rien accorder.» (*Il lui donne la liste.*)

ÉMILE.

Alors, ce n'est pas la peine d'y aller.

PIGEONNEAU.

Si... acte de présence.

ÉMILE.

Monsieur Pigeonneau... j'aurais une communication...

PIGEONNEAU.

Je reviens... il y a un locataire qui m'attend pour payer son terme... c'est sacré !...à tout à l'heure ! (*Il sort par la gauche, pan coupé, en faisant de grandes salutations adressées à la personne qui l'attend.*)

SCÈNE V

ÉMILE, *puis* MADAME BERNARD.

ÉMILE, *seul.*

Très-brave homme le papa Pigeonneau !... mais il me rase un peu avec ses commissions... au bout du compte, voilà cinq ans que je ne suis plus son gendre... j'ai rendu la dot... quant à sa fille, je ne veux pas en dire du mal, mais je l'avais épousée... nonchalamment.

* Pigeonneau, Émile.

— S'il croit que je vais continuer à faire réparer ses pompes, nettoyer ses compteurs... et à m'enivrer de sa partie de dominos... il se trompe ! j'ai d'autres projets... c'est même à cette occasion que j'avais une communication à lui faire... Je suis sur le point de me remarier... j'épouse mademoiselle Cécile Macassin... une blonde... une vraie... je suis admis depuis un mois à faire ma cour... j'envoie des bouquets... et nous signons le contrat ce soir... à midi j'offre un déjeuner d'adieu à mes amis... tous commissaires priseurs... ce sera très-gai... Voilà quinze jours que je veux avertir le papa Pigeonneau... mais le courage me manque... pauvre homme ! ça va lui porter un coup... Il aimait tant sa pauvre Hortense ! Chaque fois que je veux aborder la question, les paroles me rentrent dans le gosier... Alors j'ai pris le parti de lui écrire... (*Montrant une lettre.*) Voilà ma lettre... elle est très-digne, très-convenable...

MADAME BERNARD.[*]

Monsieur n'est pas là ?

ÉMILE.

Non...

MADAME BERNARD.

On taille sa robe de chambre... c'est pour prendre la longueur des manches...

ÉMILE.

Il va revenir... Madame Bernard, voulez-vous avoir l'obligeance de lui remettre cette lettre ?

MADAME BERNARD.

Ah ! le facteur est venu ? (*Elle prend la lettre.*)

ÉMILE.

Oui...

PIGEONNEAU, *en dehors.*

Monsieur, à l'honneur de vous revoir...

ÉMILE, *à part.*

C'est lui ! je me sauve ! (*Il entre dans sa chambre, à droite.*)

PIGEONNEAU, *en dehors.*

Au prochain trimestre.

[*] Émile, Madame Bernard.

SCÈNE VI

PIGEONNEAU, MADAME BERNARD.

PIGEONNEAU, *entrant, comptant des billets de banque.*
Quinze cents francs... ça rentre... (*Il les met dans sa poche.*)

MADAME BERNARD.
Monsieur, c'est une lettre pour vous. (*Elle remonte.*)

PIGEONNEAU, *la prenant et passant à droite.*
Tiens ! c'est d'Émile... je le quitte à l'instant... que diable peut-il me vouloir? (*Lisant à haute voix.*) « Mon cher beau-père. . vous êtes homme. vous comprendrez les passions humaines... Je vis depuis cinq ans dans un célibat fâcheux qui me constitue à l'état de non-valeur dans la société... Vous ne trouverez donc pas mauvais, j'en ai l'espoir, que j'obéisse aux lois imprescriptibles de la nature et des nations civilisées. » (*Parlé.*) Eh bien, qu'est-ce que cela veut dire ?

MADAME BERNARD.
C'est bien clair... il veut prendre une maîtresse !

PIGEONNEAU.
Mais il n'a pas besoin de mon autorisation pour ça !

MADAME BERNARD.
Enfin, c'est un témoignage de déférence.

PIGEONNEAU.
Ce brave garçon !... à son âge... je trouve ça tout naturel... à sa place, j'en ferais autant.

MADAME BERNARD.
Ah ! Monsieur !

PIGEONNEAU.
Madame Bernard, vous ne connaissez pas l'homme

MADAME BERNARD.
J'ai été mariée trois fois.

PIGEONNEAU.
Je vais lui répondre...

MADAME BERNARD.
Voulez-vous que j'aille le chercher?... Il est dans sa chambre.

* Madame Bernard, Pigeonneau.

PIGEONNEAU, *allant se mettre à son bureau.*

Non... ces questions délicates demandent à être trai-
tées avec la plume. (*Ecrivant.*) « Mon cher gendre... je
suis homme, je comprends les passions humaines... et,
tout en me voilant les yeux, je ne puis m'empêcher de
reconnaître les nécessités impérieuses auxquelles vous
obéissez... Je ne vous demande qu'une chose, c'est de
me réserver vos soirées... »

MADAME BERNARD.

La petite partie de dominos...

PIGEONNEAU.

« Votre affectionné beau-père, — Pigeonneau. »
Portez-lui ce billet. (*Il lui donne la lettre.*)

MADAME BERNARD.

Tout de suite ! (*Elle entre à droite.*)

SCÈNE VII

PIGEONNEAU, *puis* EMILE *et* MADAME BERNARD.

PIGEONNEAU.

Après tout, je ne peux pas le cloîtrer... Un peu de
désordre est nécessaire dans la vie d'un homme.

ÉMILE, *entrant de droite, la lettre de Pigeonneau à la
main. Il est suivi de Madame Bernard.* *

Ah ! cher beau-père !... je viens de lire votre lettre...
laissez-moi vous remercier... moi qui craignais...

PIGEONNEAU.

Je suis homme, je comprends les passions humaines...
et pourvu que les apparences soient sauvées...

ÉMILE.

Tenez... promettez-moi une chose.

PIGEONNEAU.

Laquelle ?

ÉMILE.

C'est d'assister à la cérémonie.

MADAME BERNARD, *étonnée.*

Hein ?

PIGEONNEAU. *de même.*

Quelle cérémonie ?

---

* Pigeonneau, Émile, Madame Bernard.

ÉMILE.

Eh bien... celle de mon mariage...

PIGEONNEAU.

De ton... (*Avec éclat.*) Tu veux te remarier ?

ÉMILE.

Sans doute...

MADAME BERNARD.

Ah bah !

ÉMILE.

Qu'aviez-vous donc compris ?

PIGEONNEAU.

Dame !... j'avais compris... rien !... C'est Madame Bernard...

MADAME BERNARD.

Quoi !... je m'étais trompée ?

PIGEONNEAU.

Il est donc vrai, tu veux prendre une seconde femme? tu veux devenir bigame ?

ÉMILE.

Puisque je suis veuf.

PIGEONNEAU.

Tu veux profaner l'autel où tu adoras Hortense !

ÉMILE.

J'ai adoré Hortense... (*A part.*) Pas tant que ça.

PIGEONNEAU, *s'attendrissant.*

Pauvre enfant ! cinq ans ont suffi pour balayer son souvenir !

MADAME BERNARD, *à part.*

Il va la pleurer à présent !

PIGEONNEAU.

Je la vois encore avec sa longue chevelure...

ÉMILE.

Rouge !

PIGEONNEAU.

Audacieuse !... et sa taille... au-dessus de la moyenne. (*Il se rassied près de la cheminée.*)

ÉMILE.

Oui... un peu trop grande.

PIGEONNEAU.

Tu ne t'en plaignais pas autrefois... je me le rappelle... lorsqu'il s'agissait de prendre dans l'armoire un compotier ou quelque autre ustensile de ménage, sur

la troisième planche, tout en haut... Tu étais obligé de
monter sur une chaise, toi !... (*Se levant.*) Hortense
passait, et de sa main légère elle cueillait le compotier !...

MADAME BERNARD.

C'était charmant !...

ÉMILE.

Sans doute, mais...

PIGEONNEAU.

Et voilà la femme que tu songes à remplacer !

ÉMILE.

Que diable ! le mariage n'est pas une question de
compotier !... moi, je suis las de vivre seul... en me
mariant, je ne fais de tort à personne .. je n'ai pas d'enfant.

PIGEONNEAU.

Pas d'enfant !... à qui la faute ?

ÉMILE.

Mais... je crois...

PIGEONNEAU, vivement.

Respectez la mémoire d'Hortense !

ÉMILE, à part.

Ah ! Il m'ennuie !

PIGEONNEAU.

D'ailleurs, j'ai ta parole... tu m'as juré de ne jamais
te remarier.

ÉMILE.

Oh ! on dit ça !... vous savez... (*Il remonte.*)[*]

MADAME BERNARD.

Moi, je l'ai juré trois fois !

PIGEONNEAU, allant à Madame Bernard.

Taisez-vous, Madame Bernard... Ne parlons plus
d'Hortense... mais de moi... Tu veux me quitter. .
qu'est-ce que je t'ai fait ?

ÉMILE.

Rien ! mais j'ai besoin d'un intérieur...

PIGEONNEAU.

Tu as le mien...

ÉMILE.

Ce n'est pas la même chose...

[*] Emile, Pigeonneau, Madame Bernard.

PIGEONNEAU.

Voyons ! veux-tu que je t'adopte ?... ça ne m'a pas
réussi une première fois.

ÉMILE.

Oh ! merci !... je suis trop grand...

PIGEONNEAU.

Alors, que veux-tu ?

EMILE.

Je veux me marier !

PIGEONNEAU.

Oh ! ça, ne l'espère pas !... je me dois à moi-même...
et à la mémoire d'Hortense... de m'y opposer par tous
les moyens possibles.

MADAME BERNARD, *à part.*

Pauvre garçon !

ÉMILE.

Alors, confisquez-moi, mettez-moi dans votre poche !

PIGEONNEAU.

Je ne sais pas ce que je ferai, mais je te jure, foi de
Pigeonneau... que tu ne te remarieras pas... (*Il passe à
gauche.*)*

ÉMILE.

Ah ! prenez garde !... je suis bon garçon... mais il ne
faut pas me pousser à bout.

PIGEONNEAU.

Ça m'est égal... (*Il s'assied près de la cheminée.*)

ÉMILE.

Eh bien, je vous jure, moi, que je me marierai sans
votre consentement, à votre nez et à votre barbe ! bonsoir !

PIGEONNEAU.

Bonjour !

ÉMILE, *à part, regardant sa montre.*

Midi moins un quart... je cours à mon déjeuner. A
votre nez, à votre barbe !... Bonjour !

PIGEONNEAU.

Bonsoir !...

(*Émile sort par le fond.*)

* Pigeonneau, Émile, Madame Bernard.

SCÈNE VIII

PIGEONNEAU, MADAME BERNARD, *puis* DOMINIQUE.

PIGEONNEAU.

C'est la guerre! (*Il tisonne fiévreusement.*)

MADAME BERNARD, *s'approchant de lui.*

Mais ce n'est pas sérieux!... vous n'avez pas la prétention d'empêcher ce jeune homme de se marier si cela lui convient.

PIGEONNEAU.

Parfaitement !

MADAME BERNARD.

Et de quel droit?

PIGEONNEAU.

Du droit d'un père qui ne veut pas laisser profaner la mémoire...

MADAME BERNARD.

Laissez-moi donc tranquille !... c'est pour vous que vous voulez le garder ! .

PIGEONNEAU.

Et quand cela serait ?... je l'aime, ce garçon!... voilà sept ans qu'il fait partie de mon existence... il m'est commode et utile... sous tous les rapports... d'abord, comme commissaire priseur, il me fait avoir des occasions magnifiques... ainsi, voilà un secrétaire... qui est de l'époque...

MADAME BERNARD.

De quelle époque ?

PIGEONNEAU.

Je n'en sais rien... c'est un marchand qui m'a dit: il est de l'époque... Eh ! bien, tout le monde l'estime cent soixante francs... je l'ai eu pour quarante deux, frais compris.

MADAME BERNARD.

Mais ce n'est pas une raison.

PIGEONNEAU.

Dans ma chambre, j'ai un Rubens... trois grosses femmes sur un char... trente francs... vous voyez qu'il ne peut pas se remarier!

MADAME BERNARD.

Mais encore une fois...

PIGEONNEAU.

Non !... voyez-vous ! c'est nn lâcheur !

DOMINIQUE, *entrant par le fond.* *

Monsieur... il y a là un monsieur qui demande à vous parler.

PIGEONNEAU.

Un locataire ?

DOMINIQUE, *lui donnant une carte.*

Voici sa carte.

PIGEONNEAU, *lisant la carte.*

« Turba, pharmacien honoraire. » (*Parlé.*) Je ne connais pas... fais-le entrer.

SCÈNE IX

PIGEONNEAU, MADAME BERNARD, TURBA.

TURBA, *paraissant au fond et parlant à Dominique qui sort.* **

Merci, mon ami !... (*Il tient à la main un parapluie et un paletot.*) Est-ce à M. Pigeonneau qu j'ai l'honneur de parler ?

PIGEONNEAU.

Oui, Monsieur.

TURBA, *mettant son paletot sur une chaise au fond et descendant.* *

Monsieur, je suis chargé près de vous d'une mission confidentielle.

MADAME BERNARD.

Suis-je de trop ?

TURBA, *se récriant.*

Oh ! Madame... (*Changeant de ton.*) Hélas ! oui !

MADAME BERNARD.

Je me retire...

TURBA.

Pardon, Madame... je vous prierai de bien fermer toutes les portes... je sors d'une grippe... et je crains les courants d'air...

MADAME BERNARD.

Je vais faire mettre des bourrelets,.. (*A part.*) C'est un maniaque... (*Madame Bernard sort à droite, pan coupé.*)

* Pigeonneau, Dominique, Madame Bernard.
** Pigeonneau, Turba, Madame Bernard.

PIGEONNEAU, *avançant une chaise.*

Prenez la peine de vous asseoir, Monsieur... (*Turba s'assied, tenant son chapeau d'une main et son parapluie de l'autre.*) Si vous êtes enrhumé... veuillez vous couvrir...

TURBA.

Puisque vous le permettez... ce n'est pas de refus. (*Il pose son chapeau à terre à sa droite, tire une calotte de velours de sa poche, et la met sur sa tête.*)

PIGEONNEAU, *à part.*

Tiens ! il fait ses visites en calotte. (*Il s'assied près de Turba.*)

TURBA.

Monsieur, c'est une terrible chose que la grippe... on a mal à la tête... mal aux reins... et on tousse...

PIGEONNEAU.

Et on expectore... Pardon, Monsieur...

TURBA.

J'ai pourtant inventé une pâte contre le rhume... mais ça ne me fait rien... ça se vend beaucoup... mais ça ne fait rien...

PIGEONNEAU.

Ça ne m'étonne pas. — Vous me disiez que vous étiez chargé d'une mission...

TURBA.

Ah ! oui ! (*Cherchant à se rappeler.*) Qu'est-ce que c'est donc?... Attendez... ça va me revenir...

PIGEONNEAU.

Attendons...

TURBA.

J'ai une mémoire qui déménage... je ne me rappelle bien que les choses de ma jeunesse. Ainsi, quand j'ai tiré à la conscription, j'ai amené le numéro deux cent vingt-neuf... jamais je n'oublierai cela !

PIGEONNEAU.

Certainement... c'est là un événement... Eh bien, est-ce venu ?

TURBA.

Non... voyons donc !... Ah ! j'y suis !

PIGEONNEAU.

Je vous écoute...

TURBA.

Monsieur, je suis chargé par une famille honorable de prendre des renseignements sur un jeune homme appelé... (*tirant son carnet*) permettez... (*lisant*) appelé Emile Gomer.

PIGEONNEAU, *à part*.

Mon gendre !

TURBA.

Il s'agit d'un mariage.

PIGEONNEAU.

Ah ! c'est pour... (*A part.*) Attends !... je vais t'en donner des renseignements.

TURBA.

Je devais venir il y a quinze jours, mais ma grippe...

PIGEONNEAU.

Monsieur, je connais parfaitement le jeune homme auquel vous faites allusion.

TURBA.

Pardon !... j'ai couché sur mon carnet une série de questions.

PIGEONNEAU.

Parlez...

TURBA, *consultant son carnet*.

D'abord la santé... c'est très-important.

PIGEONNEAU.

Mon Dieu ! je ne vous dirai pas que ce jeune homme est malade... mais il a des saignements de nez... ses digestions sont lentes... il s'endort après ses repas.

TURBA.

Très-bien ! (*Écrivant sur son carnet.*) « Nature étiolée. » (*Parlé.*) J'écris la réponse en regard...

PIGEONNEAU.

Très-ingénieux !

TURBA.

Maintenant : moralité ?

PIGEONNEAU.

Mon Dieu !... Il a rendu ma fille à peu près heureuse... à peu près...

TURBA.

Oui... pas tout à fait.

PIGEONNEAU.

Je n'ai pas à lui reprocher... de conflagration... dans

le domicile conjugal... mais au dehors, je ne réponds
de rien...

TURBA.

Je comprends. (*Écrivant.*) « Fait la noce extra muros. »

PIGEONNEAU, *se relevant et remettant sa chaise près du bureau.*

Je suis vraiment désolé d'avoir à vous donner des
renseignements aussi peu favorables.

TURBA, *se levant.*

Moi... ça m'est égal... je suis un ami de la famille.
(*Consultant son carnet.*) Autre question... Caractère ?

PIGEONNEAU.

Oh ! déplorable... il est emporté, violent... attendez!
(*Il va prendre les morceaux du saladier qui sont restés
sur la console.*)* Je ne l'invente pas, Monsieur, voici
ce qu'il a encore brisé ce matin !

TURBA, *s'asseyant près du bureau.*

Très-bien! (*Ecrivant,*) «Casse les saladiers.» (*Parlé.*)
Maintenant, j'arrive à un point délicat. (*Mystérieuse-
ment.*) Quelles sont ses opinions politiques ?

PIGEONNEAU.

Lui ?... mais... il n'en a pas...

TURBA.

Ah ! le malheureux ! (*Écrivant,*) « Patriote indolent. »

PIGEONNEAU.

Voilà sa nuance.

TURBA, *se levant.*

Monsieur, je suis heureux des renseignements que
vous avez bien voulu me donner.

PIGEONNEAU.

Tout à votre service, Monsieur...

TURBA.

Je vais les transmettre à la famille... Entre nous, je
crois que c'est un mariage flambé.

PIGEONNEAU.

Moi aussi...

TURBA, *saluant.*

Monsieur... (*Il sort par le fond avec son parapluie à
la main et sa calotte sur la tête.*)

---

* Turba, Pigeonneau.

PIGEONNEAU, *redescendant en scène.*

Franchement, il ne pouvait pas mieux tomber. (*Il range la chaise de Turba, et aperçoit le chapeau qui est resté à terre et le ramasse.*) Tiens ! il a oublié son chapeau.. (*Courant à la porte du fond et appelant.*) Eh! Monsieur !... Monsieur !...

TURBA, *reparaissant.* *

Vous m'appelez ?...

PIGEONNEAU.

Votre chapeau... (*Il le lui donne.*)

TURBA.

Ah ! ma pauvre tête ! (*Montrant son chapeau.*) Et comme ce n'est pas une chose de ma jeunesse.. (*Saluant.*) Monsieur...

PIGEONNEAU.

Monsieur...
(*Ils se font des politesses. Turba sort par le fond sans prendre son paletot qui est resté sur une chaise.*)

SCÈNE X

PIGEONNEAU, *puis* FLEURETTE.

PIGEONNEAU, *seul.*

Crac ! cassé ! brisé !... il ne se remariera pas !... cette fois, du moins !... mais demain, après-demain !... il peut renouer d'autres projets... et l'on ne viendra pas toujours me demander des renseignements... il faudrait trouver un moyen de l'attacher au célibat... je ne parle pas de la mémoire d'Hortense... C'est usé ! il doit avoir du vide, ce garçon... il lui faudrait une liaison, une petite chaîne... qui ne lui prît pas ses soirées... mais je ne peux pas lui chercher ça, moi... En fait de femme, je ne vois ici que madame Bernard.

FLEURETTE, *entrant par la droite, pan coupé.* **

Je ne vous dérange pas?

PIGEONNEAU, *à part.*

Tiens ! la petite cascadeuse... (*Haut.*) Du tout... Approchez, mon enfant.

* Pigeonneau, Turba.
** Pigeonneau, Fleurette.

FLEURETTE, *une manche à la main.*

C'est pour la robe de chambre... je viens régler la longueur des manches; vous permettez ?

PIGEONNEAU, *à part.*

Elle est tout à fait gentille !...

FLEURETTE.

Allongez le bras.

PIGEONNEAU.

Lequel ?

FLEURETTE.

Oh ! n'importe... (*Pigeonneau allonge le bras et Fleurette lui met la manche.*)

PIGEONNEAU, *à part.*

Comment diable lui demander ça?... c'est très-difficile...

FLEURETTE.

Le parement, vingt centimètres... (*retirant la manche.*) Merci. Monsieur. (*Elle fait mine de se retirer.*)

PIGEONNEAU, *la rappelant.*

Pardon, Mademoiselle Fleurette, j'ai quelque chose à vous dire.

FLEURETTE, *revenant.*

A moi ? (*Elle pose la manche sur la chaise près du bureau.*)

PIGEONNEAU.

Oui, je suis triste... Mon gendre m'inquiète... Le connaissez-vous, mon gendre ?

FLEURETTE.

Non.

PIGEONNEAU.

C'est un charmant garçon... et généreux !... il ne regarde pas à l'argent.

FLEURETTE.

C'est une qualité bien rare aujourd'hui.

PIGEONNEAU.

Je vous en réponds!... Eh bien, depuis qu'il a perdu sa femme, ce pauvre Émile... — il s'appelle Émile... joli nom, n'est-ce pas ?

FLEURETTE.

Pas mal.

PIGEONNEAU.

Ce pauvre Émile est sombre, morose... Enfin, je crains qu'il ait des idées de suicide.

FLEURETTE.

Pauvre garçon ! il faut le remarier.

PIGEONNEAU, *vivement.*

Ah ! non !

FLEURETTE.

Alors, je ne comprends pas... qu'est-ce que vous voulez ?

PIGEONNEAU.

Voilà. Je voudrais qu'une personne jeune, jolie, gaie... comme vous, voulût bien se charger d'entreprendre sa guérison.

FLEURETTE.

Ah !

PIGEONNEAU.

En tout bien tout honneur !... Je suis incapable de vous donner un mauvais conseil !

FLEURETTE.

Eh bien, papa Pigeonneau, je vais vous parler franchement. ›

PIGEONNEAU, *à part.*

Elle m'appelle papa Pigeonneau... déjà !...

FLEURETTE.

Ce que vous demandez est tout bonnement impossible !

PIGEONNEAU.

Pourquoi ?

FLEURETTE.

Il y a un monsieur qui demande à m'épouser...

PIGEONNEAU, *vivement.*

Oh ! ne faites pas cela !

FLEURETTE.

C'est un Suisse.

PIGEONNEAU.

Qu'est-ce qu'il fait votre Suisse ?

FLEURETTE.

Il fait des bottes.

PIGEONNEAU.

Écoutez... vous ne me connaissez pas, mais je suis incapable de vous donner un mauvais conseil. Eh bien, le mariage, c'est une position fausse. Voyons, qu'est-ce que vous gagnerez à épouser votre bottier ? Beaucoup d'enfants... à vingt-cinq ans vous serez laide.

FLEURETTE, *passant à gauche.**
Par exemple!...

PIGÉONNEAU.
Parole d'honneur!... vous vivrez de privations, vous
porterez des robes à dix-huit sous le mètre; tandis qu'en
restant garçon... (*se reprenant*) c'est-à-dire demoiselle,
vous êtes libre, recherchée, brillante! Vous devenez à la
mode... on met votre nom dans les journaux, votre pho-
tographie dans les boutiques !

FLEURETTE.
Ah! taisez-vous! vous finirez par me tourner la tête !
Il y a du bon dans ce que vous dites... Alors, c'est
comme dame de compagnie que vous voulez m'en-
rôler?...

PIGEONNEAU.
Je ne vous conseillerais pas de chercher à prendre un
autre emploi.

FLEURETTE.
Vraiment?

PIGEONNEAU.
Vous perdriez votre temps... Émile a des principes,
il ne jette pas son cœur à la figure de tout le monde...

FLEURETTE, *souriant.*
Oh! si je voulais m'en donner la peine...

PIGEONNEAU.
Vous!... non... vous n'êtes pas dans ses cordes.

FLEURETTE.
Il est donc bien difficile?

PIGEONNEAU.
Très-difficile. Tenez, je vous parie cinq cents francs
que...

FLEURETTE.
Quoi ?

PIGEONNEAU.
Que vous ne le faites pas aller au bal de l'Opéra avec
vous ce soir.... En tout bien tout honneur !...

Voix d'ÉMILE, *en dehors.*
Faites-moi du thé, tout de suite !

PIGEONNEAU, *remontant à gauche.*
C'est lui! Est-ce convenu ?

* Fleurette, Pigeonneau.

FLEURETTE. *

Attendez !... il faut que je voie d'abord s'il est dans
mes cordes, comme vous dites.

PIGEONNEAU.

Naturellement. (*A part.*) Elle y viendra ! (*Haut.*) Je
vous gêne ?

FLEURETTE.

Non... mais allez-vous-en.

PIGEONNEAU.

Vous avez perdu, vous n'êtes pas dans ses cordes !...
(*Il sort à gauche, pan coupé. — Émile entre par le
fond.*)

SCÈNE XI

FLEURETTE, ÉMILE, *puis* PIGEONNEAU.

ÉMILE, *un peu gris, à part.*

Nous étions quatorze commissaires priseurs ; ils m'ont
fait boire du champagne... et puis on a rebu... J'ai porté
un toast à l'hôtel des ventes... mais j'ai bien mal à la
tête. (*Il s'asseoit près du bureau et met la tête dans ses
mains.*)

FLEURETTE, *à part.*

Tiens ! il est châtain... il doit aimer les blondes !
(*Haut, timidement.*) Monsieur... (*Émile ne répond pas.*)
Monsieur... (*A part.*) Il ne m'entend pas, il est plongé
dans sa douleur... (*Haut.*) Pardon, Monsieur, je crois
que vous êtes assis sur mon ouvrage.

ÉMILE, *se levant et allant s'asseoir de l'autre côté, sans
la regarder.* **

Faites, Mademoiselle... faites...

FLEURETTE, *à part, reprenant la manche.*

Ah ! mais s'il ne me regarde pas ! (*S'approchant
d'Émile qui est assis.*) Pardon... Monsieur...

ÉMILE, *se levant et retournant s'asseoir où il était.*

Faites, Mademoiselle, faites.

FLEURETTE. ***

Si ça continue, nous allons faire du chemin. (*Elle
prend une chaise qu'elle pose tout à côté d'Émile ; elle*

* Pigeonneau, Fleurette.
** Emile, Fleurette.
*** Fleurette Emile.

*s'y asseoit, étale la manche et se met à travailler.
Émile ne la regarde pas.)*

ÉMILE, *à part, rêveur.*

Il n'y a que Brébant pour l'écrevisse bordelaise !

FLEURETTE.

Vous êtes triste, Monsieur Emile ?...

ÉMILE, *la regardant.*

Tiens! vous êtes là!... je ne suis pas triste... je suis
très-gai au contraire... je viens de déjeuner avec des
commissaires priseurs... J'ai porté un toast à l'hôtel des
ventes.

FLEURETTE.

Ah ! c'est bien ! il faut s'étourdir.

ÉMILE.

Il faut vous dire que je suis sur le point de me marier.

FLEURETTE.

Comment ! vous ! (*Elle se lève, fourre la manche
dans sa poche et remet la chaise près de la cheminée.)*

ÉMILE.

Êtes-vous mariée, Mademoiselle ?

FLEURETTE, *sèchement.*

Non, Monsieur.

ÉMILE, *se levant et allant à elle.*

Eh bien! mariez-vous!... parce que le mariage, il n'y
a que ça de vrai.

FLEURETTE, *à part.*

Tiens! c'est le jeune qui me donne de bons con-
seils.

ÉMILE.

Vous devez avoir un amoureux... jolie comme vous
êtes... peut-être plusieurs.

FLEURETTE.

C'est possible.

ÉMILE.

Eh bien, ne les écoutez pas.

FLEURETTE.

Vraiment ?

ÉMILE.

Si je n'avais pas bu du champagne... avec des
commissaires priseurs... je vous expliquerais ça.

FLEURETTE, *à part.*

Il est gris.

ÉMILE.

Voyez-vous, les petits messieurs... c'est très-gentil... quand on commence... ça vous donne des mobiliers... ça vous loge au premier étage... sur la rue... et ça vous mène dîner au restaurant.... mais, un beau matin, ça vous lâche.

FLEURETTE.

Pas tous...

ÉMILE.

Tous!... Vous me direz : on en prend un autre... celui-là vous loge au second, sur la cour... le troisième vous fait encore monter d'un étage... et ainsi de suite... jusqu'à l'ardoise; plus on monte, plus on dégringole. (*Il passe à gauche.*)

FLEURETTE, *à part.* *

Il y a du bon dans le vin de cet homme-là!

ÉMILE.

Moi, je vous dis ça... je m'en fiche... vous n'êtes pas ma sœur...

FLEURETTE.

Alors, vous me conseillez de me marier?

ÉMILE.

Toujours!... parce qu'un mari ça ne vous lâche pas... c'est bien à vous... et puis on a des enfants... des vrais!... Si je n'avais pas bu du champagne, je vous expliquerais comment.

FLEURETTE.

C'est possible, mais on mange du pain sec.

ÉMILE.

On embrasse ses petits... alors, ce n'est plus du pain sec... Dieu! que j'ai mal à la tête.

FLEURETTE, *avec élan.*

Ma foi! tenez... vous êtes un bon garçon, vous... vous m'avez remuée... embrassez-moi! (*Elle lui saute au cou et l'embrasse.*)

PIGEONNEAU, *paraissant à gauche, pan coupé, les voyant s'embrasser, à part.*) *

V'lan!... ça y est!...

* Emile, Fleurette.
* Pigeonneau, Emile, Fleurette.

ÉMILE, *passant à droite.*
Pensez à ce que je vous ai dit... je vais m'habiller.
PIGEONNEAU, *à part.* *
Pour le bal de l'Opéra.
ÉMILE, *à part, entrant dans sa chambre à droite, en trébuchant.*
Je ne sais pas ce que Brébant a mis dans ses écrevisses... mais ça tourne... (*Il disparaît.*)

SCÈNE XII

PIGEONNEAU, FLEURETTE, *puis* MADAME BERNARD.

PIGEONNEAU, *s'avançant.*
Eh bien ! j'ai perdu...
FLEURETTE.
Quoi?
PIGEONNEAU.
Voilà cinq cents francs. (*Il les lui remet.*)
FLEURETTE.
Non, vous n'y êtes pas.
PIGEONNEAU.
J'ai vu... ça me suffit !... Seulement, dites-lui de mettre un faux nez... pour le monde...
MADAME BERNARD, *entrant de droite, pan coupé.* **
Eh bien ! Mademoiselle... et cette robe de chambre que vous avez laissée là.
FLEURETTE.
Ce n'est pas ma faute, Monsieur Pigeonneau m'avait chargée d'un travail particulier.
PIGEONNEAU.
Oui... (*A part.*) Petit serpent !... elle ira loin. (*Fleurette sort à droite, pan coupé.*)

SCÈNE XIII

PIGEONNEAU, MADAME BERNARD, TURBA.

TURBA, *paraissant au fond, son parapluie à la main.* ***
. C'est encore moi... j'ai oublié mon paletot. (*L'apercevant sur la chaise.*) Tenez... le voilà. (*Il le prend.*)

* Pigeonneau, Fleurette, Emile.
** Pigeonneau, Fleurette, madame Bernard.
*** Pigeonneau, Turba, madame Bernard.

Je vous demanderai la permission de le mettre... je me
suis un peu refroidi. (*Il donne son parapluie à madame
Bernard, qui le dépose sur la console de droite.*)

PIGEONNEAU, *à Turba, tout en l'aidant à mettre son
paletot.*

Eh bien ! et les renseignements ?... les avez-vous
portés ?

TURBA.

Oui... je sors de chez le beau-père...

MADAME BERNARD, *à part.*

Ah ! le mariage d'Emile !

TURBA.

Ça lui va...

PIGEONNEAU, *étonné.*

Comment ! ça lui va ?...

TURBA.

Il est enchanté !... je ne comprends rien à cette fa-
mille-là

PIGEONNEAU.

Vous ne lui avez donc pas lu ?...

TURBA.

Tout ! Nature étiolée... fait la noce extramuros... casse
les saladiers...

MADAMÉ BERNARD, *à part.*

Ils sont jolis... les renseignements !...

PIGEONNEAU.

Eh ! bien ?

TURBA.

Eh ! bien... il a ri comme un bossu... il disait : « C'est
charmant! C'est charmant! » je le crois un peu ra-
molli...

PIGEONNEAU.

C'est impossible.

TURBA.

Il dit qu'il vous connaît ; vous êtes du même cercle.

PIGEONNEAU.

Son nom ?

TURBA.

Macassin.

PIGEONNEAU.

Un ami de quinze ans !

TURBA.

Il paraît qu'en jouant aux dominos, vous lui faisiez tous les jours l'éloge de votre gendre. Et quand je lui ai apporté vos renseignements... il m'a dit : « C'est une craque. »

PIGEONNEAU.

Alors le mariage se fera ?

TURBA.

Certainement !... on signe le contrat ce soir....

PIGEONNEAU, *à part.*

Ce soir !... patatras !...

TURBA, *saluant.*

Monsieur, à l'avantage. (*A madame Bernard.*) Ah ! Madame, je vous signale dans l'antichambre une fenêtre ouverte... (*Relevant le collet de son paletot.*) C'est très-imprudent.

MADAME BERNARD.

Bien, Monsieur... on la fera murer pour le jour de l'an.

(*Turba sort par le fond, en oubliant son parapluie.*)

SCÈNE XIV

PIGEONNEAU, MADAME BERNARD, *puis* **DOMINIQUE.** *puis* **FLEURETTE.**

PIGEONNEAU, *à Madame Bernard.*

Ce soir, entendez-vous ! ce soir !

MADAME BERNARD.

Quoi ?

PIGEONNEAU.

Il signe son contrat.

MADAME BERNARD.

Que voulez-vous y faire ?

PIGEONNEAU.

Il n'ira pas ! je ne veux pas qu'il y aille !
(*Il va fermer à clé la porte de la chambre d'Émile.*)

MADAME BERNARD. *

Vous l'enfermez ?...

PIGEONNEAU.

Mieux que cela. (*Appelant.*) Dominique ! Dominique !

____
* Madame Bernard, Pigeonneau.

DOMINIQUE, *entrant du fond.* *

Monsieur?...

PIGEONNEAU.

Aide-moi à porter ce secrétaire... là... devant cette porte...

DOMINIQUE.

Mais monsieur Émile ne pourra plus sortir...

PIGEONNEAU.

Fais ce que je te dis... (*Il place, aidé de Dominique, le secrétaire devant la porte de droite.*)

MADAME BERNARD, *à part.*

Il devient fou!

PIGEONNEAU.

Barricadé! (*On entend frapper à la porte dans la chambre d'Émile.*) Chut! c'est lui!

Voix d'ÉMILE, *au dehors.*

Monsieur Pigeonneau... ouvrez-moi... je suis enfermé.

PIGEONNEAU, *bas aux autres et prenant le milieu.*

Ne répondons pas!

ÉMILE, *au dehors.* **

Monsieur Pigeonneau! (*On l'entend donner des coups de pied dans la porte. — Le bruit cesse.*)

PIGEONNEAU, *bas.*

Il se calme... maintenant il faudrait agir sur Macassin. (*Poussant un cri.*) Ah!...

MADAME BERNARD.

Quoi? vous m'avez fait peur!

PIGEONNEAU, *allant s'assoir au bureau.* ***

J'ai trouvé! Ce billet qu'il m'a écrit hier. (*Il le prend sur le bureau et lit.*) « Mon cher beau-père, ne comptez « pas sur moi ce soir, j'ai mieux que vous... » (*Parlé.*) Je vais l'envoyer à Macassin.

MADAME BERNARD.

Vous n'y pensez pas.

PIGEONNEAU.

Un jour de contrat... ça fera très-bien. (*Il met le billet sous enveloppe.*) On en donnera lecture devant la famille assemblée... je voudrais voir la tête du notaire.

* Madame Bernard, Dominique, Pigeonneau.
**Madame Bernard, Pigeonneau, Dominique.
*** Madame Bernard, Dominique au fond, Pigeonneau.

MADAME BERNARD.

C'est de la férocité !

PIGEONNEAU.

Taisez-vous !

MADAME BERNARD.

Non !

PIGEONNEAU.

Je vous donne votre compte !

MADAME BERNARD.

Je ne l'accepte pas !

PIGEONNEAU.

A la bonne heure ! (*Remettant la lettre à Dominique.*) Dominique... cette lettre à monsieur Macassin, 29. rue Bleue... pas de réponse.

DOMINIQUE.

Tout de suite ! (*Il sort par le fond.*)

FLEURETTE, *entrant de droite, pan coupé.* *

Madame, je n'ai plus de doublure...

PIGEONNEAU.

Fleurette !... elle va me servir... (*Lui indiquant le bureau.*) Mettez-vous là, et écrivez...

FLEURETTE.

Moi... écrire?

PIGEONNEAU.

Puisque je vous paie votre journée... que vous fassiez ça ou autre chose...

FLEURETTE.

C'est que... l'orthographe... (*Elle s'assied devant le bureau.*)

PIGEONNEAU.

Tant mieux ! ce sera plus nature. Écrivez... (*Dictant.*) « Monsieur Macassin » Mettez deux s, parce que ça ferait magasin... (*Continuant.*) « Puisque mon amant épouse votre fille... »

FLEURETTE, *refusant d'écrire.*

Ah ! non !

PIGEONNEAU.

Écrivez !... Cinq cents francs ! (*Il les montre.*) Cinq cents francs pour vous !

____

* Madame Bernard, Pigeonneau, Fleurette.

FLEURETTE.

Donnez...

PIGEONNEAU.

Après.

FLEURETTE, *écrivant.*

« Puisque mon amant épouse votre fille... »

PIGEONNEAU, *regardant ce qu'elle écrit.*

Elle a mis fil... Ah! une couturière! (*Haut et dictant.*)
« Je vous renvoie les cheveux qu'il m'a donnés dans un
» jour d'abandon... »

MADAME BERNARD.

Tenez! je trouve ça hideux!

PIGEONNEAU.

Silence, Madame Bernard!

MADAME BERNARD.

Je vous donne votre compte!

PIGEONNEAU.

Je ne l'accepte pas!

MADAME BERNARD.

A la bonne heure!

PIGEONNEAU, *dictant.*

« Quant à notre enfant, il pourra venir le voir tous
» les jeudis, de quatre à six. »

FLEURETTE, *se récriant.*

Ah! notre enfant!... jamais!

PIGEONNEAU.

Cinq cents francs! (*Les lui donnant.*) Les voilà.

FLEURETTE, *à part, écrivant.*

Ça m'est égal... je ne signerai pas de mon nom...
voilà! (*Elle se lève.*)

PIGEONNEAU.

Maintenant, il nous faut des cheveux... Madame Bernard, des ciseaux.

MADAME BERNARD, *remontant.*

Non! je ne vous prêterai pas les miens!

PIGEONNEAU, *allant à la cheminée.**

J'en ai vu sur la cheminée!... (*Il les prend.*) Les voici!
(*Il se coupe une mèche de cheveux et la regarde.*) Ah!
diable!... ce n'est pas sa nuance, il est châtain.

* Pigeonneau, Madame Bernard, Fleurette.

FLEURETTE, *riant.*

Et vous êtes poivre et sel.

MADAME BERNARD.

C'est bien fait !

PIGEONNEAU.

Comment faire ?

DOMINIQUE, *entrant par le fond.* [*]

Jo viens de porter la lettre...

PIGEONNEAU, *allant à lui.* [**]

Dominique!... approche... il est châtain!... ne bouge pas ! (*Il veut lui couper une mèche de cheveux.*)

DOMINIQUE, *résistant.*

Non, Monsieur!... je ne veux pas !

PIGEONNEAU.

Cinq cents francs... (*Se reprenant.*) Cinq francs pour toi.

(*Fleurette va à madame Bernard.*)[***]

DOMINIQUE.

Ah ! à ce prix-là...

PIGEONNEAU, *après avoir coupé la mèche, allant s'asseoir au bureau.* [****]

Je telesdonnerai le jour de ma fête. (*Il met les cheveux et la lettre écrite par Fleurette sous enveloppe, et écrit l'adresse. Se levant, à Dominique.*) Cette lettre à M. Macassin, 29, rue Bleue.

DOMINIQUE.

Encore!... mais il faut que je serve le dîner.

PIGEONNEAU.

Alors, envoie le concierge... c'est pressé...

(*Madame Bernard remonte.*)

DOMINIQUE.

Tout de suite!... (*A part.*) mais pourquoi envoie-t-il de mes cheveux à M. Macassin?... (*Il sort par le fond.*)[*****]

PIGEONNEAU.

Ah! j'ai chaud!... mais je gagnerai la partie.

---

[*] Pigeonneau, Madame Bernard, Dominique, Fleurette.
[**] Madame Bernard, Pigeonneau, Dominique, Fleurette.
[***] Madame Bernard, Fleurette, Pigeonneau, Dominique.
[****] Madame Bernard, Fleurette, Dominique, Pigeonneau.
[*****] Fleurette, Madame Bernard, Pigeonneau.

SCÈNE XV

LES MÊMES, TURBA, *puis* DOMINIQUE, *puis* EMILE.

TURBA, *entrant par le fond.*

C'est encore moi... j'ai oublié mon parapluie.

MADAME BERNARD.

C'est celui-ci sans doute... (*Elle le lui remet.*) *

PIGEONNEAU.

Chez moi... rien ne se perd.

(*Dominique rentre, place le guéridon près de la chemi-*
née et met dessus deux couverts, qu'il prend dans la
console de gauche.)

TURBA. **

Oh! jé suis bien tranquille !... on ne peut pas me le
prendre, ce parapluie-là... j'ai pris mes précautions.

FLEURETTE.

Tiens ! moi qui en perds deux par semaine.

TURBA.

C'est bien simple. (*Il ouvre son parapluie. Tous les*
personnages se mettent dessous.) Lisez... là... en haut
du manche...

PIGEONNEAU, *lisant.*

« Ce parapluie a été volé à monsieur Turba, pharma-
» cien honoraire, 9, rue de Provence. »

TURBA.

Vous comprenez... personne ne peut le garder... on
me l'a déjà rapporté vingt-deux fois.

(*Madame Bernard sort par le fond.*)

FLEURETTE.

Très-malin !

PIGEONNEAU.

Très-fort !

TURBA.

Je vous demanderai la permission de me chauffer les
pieds. (*Il va s'asseoir devant la cheminée. Madame Ber-*
nard rentre, apportant une soupière qu'elle met sur le
guéridon.)

* Fleurette, Turba, Madame Bernard, Pigeonneau.
** Dominique, Fleurette, Turba, Pigeonneau, Madame Bernard.

MADAME BERNARD. *

Monsieur est servi...

PIGEONNEAU, *allant au guéridon.*

Allons ! à table !... ce pauvre Emile... il doit avoir faim... Si je lui faisais passer une assiettée de potage?... (*Il remplit une assiette.*)

MADAME BERNARD, *s'approchant.* **

La voici... je vais la lui porter.

PIGEONNEAU, *prenant l'assiette et se levant.*

Non... moi... (*A Dominique.*) Otez le secrétaire... c'est trop chaud !

(*Dominique débarrasse la porte tandis que Pigeonneau souffle sur l'assiette.*)

PIGEONNEAU, *entrant dans la chambre à droite.*

Emile... mon ami...

(*Fleurette, a pris le soufflet et souffle dans le cou de Turba, qui se retourne. Elle cache vivement son soufflet, ce jeu se répète plusieurs fois.*)

TURBA.

Sapristi ! fermez donc les portes.

PIGEONNEAU, *rentrant un rideau à la main.*

Personne... il est parti.

MADAME BERNARD. ***

Par où?

PIGEONNEAU.

Par la fenêtre, à l'aide de ses rideaux. (*Il jette le rideau à Dominique.*)

FLEURETTE.

Oh ! un entre-sol !...

PIGEONNEAU.

Et moi qui croyais le tenir !...

ÉMILE, *paraissant au fond.* *

Beau-père... j'ai l'honneur de vous faire part de mon mariage avec mademoiselle Macassin... je viens de signer mon contrat...

---

* Turba, Fleurette, Madame Bernard, Pigeonneau, Dominique.

** Turba, Fleurette, Pigeonneau, Madame Bernard, Dominique.

*** Turba, Fleurette, Pigeonneau, Madame Bernard, Dominique au fond.

**** Turba, Fleurette, Pigeonneau, Émile, Madame Bernard, Dominique au fond.

PIGEONNEAU.

Comment ! malgré mes lettres !...

ÉMILE.

Je suis arrivé avant elles... c'est moi qui les ai reçues. (*Lui remettant un petit papier.*) Je vous rapporte les cheveux de Dominique.

PIGEONNEAU, *à Dominique, lui donnant le paquet.*

Tiens ! tu peux les reprendre... (*Fleurette passe à droite.*)

ÉMILE. *

Ah ! Monsieur Pigeonneau, ce n'est pas gentil, ce que vous avez fait là...

PIGEONNEAU.

Mon ami... je t'aimais tant !... Tu viendras me voir quelquefois ?...

(*Madame Bernard va derrière le guéridon.*)

ÉMILE. **

Certainement... au jour de l'an.

PIGEONNEAU.

Et s'il te passe par les mains quelque Rubens... dans mes prix... pense à moi.

ÉMILE.

Soyez tranquille !

FLEURETTE, *à part.*

Décidément, le petit se marie... c'est dommage.

MADAME BERNARD.

Monsieur, le potage refroidit.

PIGEONNEAU, *allant se mettre à table.* ***

Me voilà ! Mon Dieu ! que c'est ennuyeux de dîner seul. (*Apercevant Turba qui se chauffe.*) Monsieur !... (*Turba ne répond pas. — Lui frappant sur l'épaule.*) Monsieur... voulez-vous me faire le plaisir de dîner avec moi ?

TURBA, *se retournant.*

Ça dépend... qu'est-ce que vous avez ?...

* Turba, Pigeonneau, Émile, Madame Bernard, Fleurette, Dominique au fond.

** Turba, Madame Bernard, Pigeonneau, Émile, Fleurette, Dominique au fond.

*** Turba, Pigeonneau, Madame Bernard, Émile, Fleurette, Dominique au fond.

PIGEONNEAU, *à Madame Bernard.*
Qu'est-ce que nous avons ?

MADAME BERNARD.
Potage au gruau. (*Pigeonneau répète les mots après elle.*) Merlan frit... poulet gommé au blanc... et crème à la guimauve...

TURBA, *mettant sa calotte de velours.*
Un dîner pectoral... j'accepte. (*Il se met à table.*)

(*Le rideau baisse.*)

FIN.